15 Janvier 94.

Vente du Lundi 15 Janvier 1894

A DEUX HEURES

HOTEL DROUOT, SALLE N° 7

OBJETS D'ART

ET D'AMEUBLEMENT

Tabatières, Miniatures, Bijoux, Éventails

OEUF D'AUTRUCHE DÉCORÉ D'UNE PEINTURE LOUIS XV

PORCELAINES, FAÏENCES, GROUPES ET VASES

Médaillons en biscuit de Sèvres

BRONZES D'ART DE BARYE ET DE MÈNE

BELLE PENDULE EMPIRE

Médaillons et Figurines de Napoléon Ier

SCULPTURES EN MARBRE

MEUBLES RENAISSANCE ET DE STYLE

TAPISSERIES, ÉTOFFES BRODÉES

Gravures, Objets divers

EXPOSITION PUBLIQUE

Le Dimanche 14 Janvier 1894, de 1 heure 1,2 à 5 heures 1 2

Mᵉ Maurice DELESTRE	M. B. LASQUIN
COMMISSAIRE-PRISEUR	EXPERT
Rue Drouot, n° 27	Rue Laffitte, n° 12

PARIS — 1894

IMPRIMERIE MAULDE et RENOU

A. MAULDE & Cie

IMPRIMEURS DE LA COMPAGNIE DES COMMISSAIRES-PRISEURS

Rue de Rivoli, 144

CONDITIONS DE LA VENTE

Elle sera faite au comptant.

Les Acquéreurs paieront CINQ POUR CENT en sus des enchères.

A. MAULDE et Cⁱᵉ, imprimeurs de la Compagnie des Commissaires-Priseurs,
rue de Rivoli, 144.   400—39091

DÉSIGNATION

—

TABATIÈRES, BIJOUX, MINIATURES
OBJETS VARIÉS

1 — Œuf d'autruche décoré d'une ravissante peinture
du temps de Louis XV représentant une salle de bal
champêtre.

Dans une salle de verdure et près d'un bosquet
renfermant une fontaine en sculpture, plusieurs
couples galants se livrent aux plaisirs de la danse
aux sons des instruments de trois musiciens montés
sur un piédestal à droite.

Au fond est dressé un buffet chargé de mets et de
rafraîchissements.

A gauche, un couple assis et un personnage
debout assistent en spectateurs aux joyeux divertis-
sements de la compagnie.

Cette précieuse peinture, d'une touche facile et
d'une fraîcheur de coloris admirable, a été attribuée
à Watteau et à Saint-Aubin dont elle est digne par
l'esprit et la grâce de sa composition.

Nous croyons pouvoir l'attribuer plus vraisembla-

blement à Lebel l'aîné, décorateur à la manufacture
de Sèvres sous Louis XV.

Le sujet peint occupe environ la moitié de la
surface de l'œuf; l'autre partie offre des motifs
rocaille et des guirlandes en camaïeu sur fond gros
bleu.

Cet Œuf a été monté sur un pied formé d'une
salière Louis XIII en vermeil et est dominé par
une petite figurine de même style.

Il provient de M. Dablin, collectionneur émérite
qui l'avait légué, en 1856, à son ami M. Forster, le
célèbre graveur. — Hauteur totale : 28 centimètres.

2 — Tabatière en buis ornée d'une jolie miniature rec-
tangulaire par VAN DAEL, représentant une corbeille
de fleurs et un nid d'oiseaux posés sur une table de
pierre où se lit la signature de l'artiste.

3 — Tabatière de forme ovale, ouvrant à charnière, en
or guilloché et ciselé à deux tons, du temps de
Louis XVI.

4 — Tabatière de l'époque de l'Empire en or guilloché
et gravé à encadrements de rinceaux et palmettes.

5-6 — Deux Tabatières en argent niellé de Thoula :
l'une à entrelacs et arabesques; l'autre représentant
des vues du Kremlin de Moscou.

7 — Miniature ronde sur ivoire : portrait d'une jeune
Suissesse en buste.

8 — Miniature ovale sur vélin : portrait d'une jeune
femme portant un panier de fruits. Epoque L. XV.
(Dans un étui en écaille.)

9 — Une Broche et une Bague en saphirs et brillants.

10 — Tabatière en ivoire avec portraits de Louis XVI et de Marie-Antoinette; un Étui en ivoire sculpté et six pièces : Miniatures et Boîtes.

11 — Une petite Boîte en vernis Martin.

12 — Petit Drageoir Louis XIII en fer ciselé et repercé à jour.

13 — Deux petits Dessus de Tabatières en velours tissé : portrait de Napoléon et Bergers russes; deux autres Médaillons en soie tissée : Marie-Antoinette et Louis XVI.

14 — Petit Coffret en émail de Venise, fond bleu.

15 — Deux Miniatures de Klindstedt.

16 — Sept pièces petits Médaillons : Emaux, etc.

17 — Une Montre d'homme en or.

18 — Deux Épingles de cravate : l'une garnie de roses; une Bague avec turquoise gravée; un Anneau; deux Bagues d'or; une Broche avec émail et croix en or avec pierres; quatre paires de Boucles d'oreilles.

19 — Éventail à monture de nacre, style Louis XV, avec scène pastorale peinte à la gouache.

20 — Deux Éventails, une Jumelle de théâtre, un lot de Médaillons, Boutons de manchettes, Bagues, Chaine.

21 — Un lot de Chapelets, un Crucifix et divers Objets.

22 — Une petite Coupe en onyx; une petite Boîte en argent; deux Flacons à sels en argent doré.

*

23 — Tête de Napoléon en cristal; un petit Bas-Relief en jaspe; un Médaillon : Joséphine, en cristal ; deux Médaillons : Napoléon III et Eugénie, en bois durci ; un Médaillon en porcelaine dorée : Napoléon Ier.

24 — Quatre Médaillons : Bonaparte, gravure en couleurs. Napoléon, Louis XVIII et Marie-Antoinette, coloriés.

25 — Deux Plaques dorées : Louis XVII et Duchesse d'Angoulème.

26 — Deux petits Nécessaires de poche et un Peigne en écaille.

27 — Deux lots de Monnaies anciennes, en argent et en billon.

28 — Sujet en cuivre émaillé, de l'époque de la Révolution.

29 — Éventail, Miniatures diverses.

30 — Quarante-cinq petits Cadres en bois doré, en bois noir et cuivre pour miniatures.

31 — Cafetière en plaqué Empire; Plat en étain ; Salières en cristal.

32 — Deux paires de Pistolets anciens, l'une garnie d'argent.

PORCELAINES, FAIENCES

33 — Deux beaux Groupes en faïence blanche du xviiie siècle représentant chacun deux figures : Nymphe et Faune.

34 — Grand Vase forme Médicis en porcelaine tendre
du temps de l'Empire (Capo di Monte), décoré de
paysages, de monuments en ruines et de fleurs, avec
bandeau à griffons et attributs sur fond doré.

35 — Partie de Service en porcelaine tendre (Tournay ?)
modèle de Sèvres, à décor de feuilles de choux,
composé de vingt pièces.

36 — Deux Sucriers en porcelaine tendre de Venise, à
décor de style chinois.

37 — Petit Sucrier ovale en porcelaine de Saxe.

38 — Soupière ovale en faïence de Bruxelles simulant
une corbeille ornée de fleurs, avec couvercle feuille
de chou.

39 — Coupe en faïence italienne, décorée d'une tête et
d'ornements.

40 — Buste en faïence italienne.

41 — Plateau en faïence hispano-mauresque, à reflets
métalliques.

42 — Fontaine en faïence de Nevers, à décor bleu.

43 — Deux Plats ovales en faïence de Moustiers, à
décor bleu et polychrome.

44 — Deux Pots et un Plat en faïence de Delft, décor
bleu.

45 — Cache-Pot en faïence de Nevers, à monture en
étain.

46 — Pendule Louis XIV avec cadran en faïence.

47 — Neuf Médaillons divers en biscuit de Sèvres :
Louis XV, Louis XVI et Marie-Antoinette.

48 — Huit Médaillons en biscuit de Sèvres : Bonaparte
et Joséphine ; trois autres : Napoléon III, Eugénie
et le Prince Impérial.

49 — Six Médaillons en biscuit de Sèvres : Louis-
Philippe, Marie-Amélie, Louis XVIII, Duchesse
d'Angoulême, Duchesse de Berry et Comte de
Chambord, plus un Bas-relief à sujets d'enfants.

5o — Cinq Plaques en porcelaine de Capo di Monte.

5r — Deux Sabots en faïence de Nevers, un Médaillon
République. sujet religieux et portrait de Napoléon
en faïence de Rubelle, un portrait de Linné en
Wedgwood.

52 — Porcelaines et Faïences diverses, Biscuits. Figures
en Saxe, etc.

BRONZES

53 — Levrette rapportant un lièvre, Bronze de Barye.
Très belle épreuve ancienne à patine verte, en-
voyée par Barye à une exposition de Bordeaux où
elle a été acquise par le propriétaire actuel.
Haut., 21 cent.; Long. de la plinthe, 32 cent.

54 — Groupe de Levrettes, bronze de Mène.

55 — Belle Pendule du temps de l'Empire, en bronze
finement ciselé et doré et bronze patiné vert.
Elle représente un groupe de deux figures :
Orphée et Eurydice devant un temple à pilastres

richement ornés, accotés de consoles et supportant deux cygnes qui soutiennent de leur bec une guirlande entourant le cadran.

56 — Petite Pendule de l'époque Louis XVI, en bronze ciselé et doré : figure allégorique de la Prudence assise, tenant un miroir et un serpent.

57 — Cartel du temps de Louis XVI, en bronze doré, modèle à guirlandes. rubans, mascaron et vase.

58 — Paire de Candélabres Louis XVI. en forme de vases, en marbre. fleur de pêcher et bronze doré.

59 — Paire de Candélabres en bronze ciselé et doré, à figures d'enfants tenant des bouquets de roses. Louis XVI.

60 — Paire de Bouts-de-Table Louis XV. en bronze ciselé et doré.

61 — Trois paires de Flambeaux Louis XVI, en bronze argenté et un Chandelier Louis XIII.

62 — Deux Flambeaux-Cassolettes de style Louis XVI en porphyre oriental avec montures à trépied en bronze finement ciselé et doré au mat.

63 — Médaillon : portrait de l'Impératrice Joséphine. bronze de David d'Angers.

64 — Deux Médaillons en bronze : Napoléon et Alexandre Iᵉʳ.

65 — Une Médaille de Napoléon, en bronze doré ; une Plaque dorée; trois Médailles en plomb : Napoléon, Joséphine, Marie-Louise ; un Médaillon en fer : Napoléon et Marie-Louise.

66 — Deux Figurines de Napoléon, en bronze, et une du roi de Rome en bronze doré; une Plaque en cuivre doré : Napoléon Ier, encadrée.

67 — Figurine d'enfant couché, marbre blanc sculpté. Époque Louis XVI.

68 — Fontaine formée d'un enfant monté sur un dauphin, terre cuite.

SCULPTURE

69 — Mignon, buste en marbre blanc par DE BASLY.

70-71 — Deux Statuettes de Vénus et de Jupiter, en marbre blanc, grandeur demi-nature.

72 — Bas-Relief ovale, en marbre blanc ; Buste de Femme de profil à droite. Époque Louis XIV.

MEUBLES

73 — Crédence, style Renaissance, ornée de cariatides et d'un sujet en bas-relief.

74 — Meuble de style Renaissance, forme crédence, orné de statuettes, de cariatides et de motifs d'architecture.

75 — Coffre Henri IV, en bois sculpté.

76 — Stalle Henri II avec bras sculptés à têtes de lions.

77 — Crédence, style François Ier.

78 — Crédence, style Henri II.

79 — Crédence à pans coupés, style Louis XII.

80 — Crédence, style Henri II.

81 — Meuble Ducerceau avec cariatides.

82 — Dressoir avec sujets à personnages, la porte représente l'armement d'un chevalier.

83 — Cheminée Louis XV en bois de noyer.

84 — Bahut Louis XIII.

85 — Écran en tapisserie d'Aubusson. Époque Louis XV.

86 — Écran Louis XVI, feuille en soie avec chiffres.

87 — Écran ovale, en bois doré avec tapisserie Louis XVI.

88 — Bonheur-du-Jour Louis XV, en marqueterie.

89 — Encoignure en marqueterie.

90 — Deux Fauteuils garnis de soierie à dessin blanc sur
fond rouge, Louis XVI.

91 — Un Fauteuil Louis XVI, garni de velours rouge.

92 — Fauteuil Louis XV, garni de tapisserie au point.

93 — Quatre Chaises Louis XV, garnies de velours
rouge.

94 — Bergère Louis XV, avec coussin.

95 — Boîte oblongue Louis XIII, plaquée d'écaille et
garnie de cuivre.

96 — Petit Coffret Louis XIII, plaqué d'écaille et garni d'argent.

97 — Cabinet en laque de Chine à deux tiroirs renfermant des compartiments.

98 — Petite Table Louis XVI, en bois satiné.

99 — Coffre Fort Louis XIII, en fer.

TAPISSERIES, ÉTOFFES, DENTELLES

100 — Portière en ancienne tapisserie d'Aubusson, à sujet de verdure animée d'oiseaux aquatiques.

101 — Un grand Châle en crêpe de Chine blanc, brodé.

102 — Deux autres crêpes de Chine blancs.

103 — Neuf Fichus en crêpe de Chine de couleur, brodés, et un autre crêpe damassé.

104 — Un Burnous en soie algérienne, une Écharpe en soie rouge à glands.

105 — Une grande et une petite Mantille espagnole, une Écharpe en soie de couleur.

106 — Douze Morceaux de soie et d'étoffe, deux Paquets de soie du xviiie siècle.

107 — Un Mouchoir en dentelle ancienne, un Fichu de dentelle.

108 — Écharpe, Galons.

GRAVURES ET TABLEAUX

109 — Onze Gravures anglaises en couleurs.

110 — Cinq Peintures: paysages, trumeau, etc.

111 — Gravures et Dessins en portefeuille.